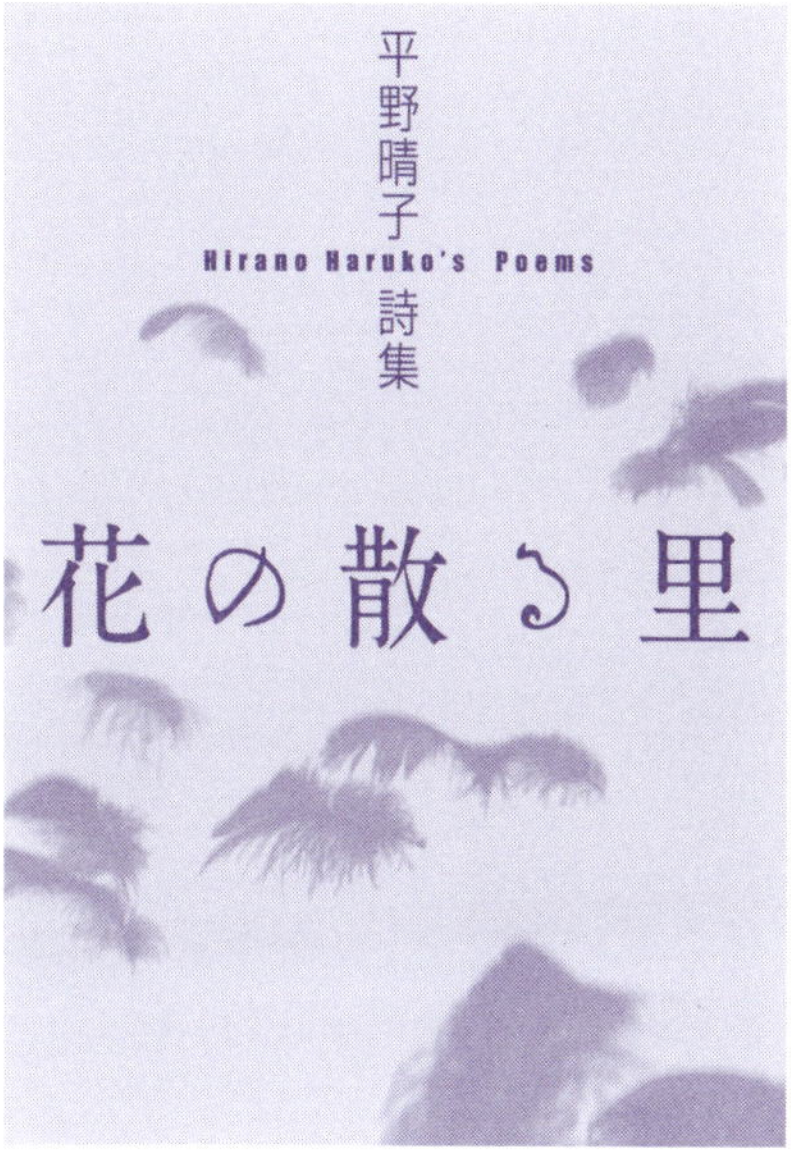

洪水企画

花の散る里　目次

I

II

詩集　花の散る里

平野晴子

I

花の散る里

男が
女の
顔を一発殴った

老猫が
すばやく逃げる

ひとを殴りたくなるときは
顔にかぎる

もう一発を逃れ
軒下に丸まって
ドクダミ草を抜いている女
しろい花が萎れていく

薬の臭いを放ちながら
おーいおーい
殴った顔を呼んでいる
振り向くなかれ
応えるなかれ
過ぎ行くまでは

此処は花が咲き
花の散る里
炸裂したものは
花びらの形で散るだろう

犬

三日月に
吠えているのは隣の犬
臆病で
甘ったれで
飼い主に尻尾ふって

耳が立つ
鼻先の黒いぶつぶつがふくらむ
脱獄して
私の手首を噛んだ奴

今宵
ヤワラカナ檻で
あのひとは

咆えているのか
噛みついているのか
いとしい犬の様をして
枕が臭いを吐いている

黒い血がふいた後の
犬歯の瘢痕
満ちることもなく
欠けることもなく
袖を捲くるたび
ケロイドの月が昇ってくる

犬は万年も生きてきた
咬みつきながら
剝きだしの赤い舌から
涎をたらし
攻撃のゲノムに喘ぎながら
放尿する

片足あげる哀しさ　で
見よ　見よ
こうして放つがいい

霙

しばしとどまる容で
松が枝に乗っかっている霙
　オッ母サンハドウシタ
死んじゃったわよ
誰ガ殺シタンダ
わたしじゃないわよ

枝がしだれ
御影石材に
霙はぼじょぼじょ
飛沫を飛ばし

　クレヨ鍵
クレヨクレヨ

駄目よ　車は
頼ム
迎エニ行クンダ親父ヲ
オッ母サンガ待ッテイルンダ

行カシテクレ
お願いだから
困らせないでよ
戦争シテルンダ
加勢ニイクンダ
鍵　何処ニアルンダ
コノトオリダ

ぐしょぐしょ歪んだ顔がせまってくる

さっき呑み込んでしまったの
悶々の胸板をすべり
鍵は姿を暗ました

指の岬

人差し指
丈高指
紅差し指
生まれなかった子の小指
親指でおおいこめかみにあて
　俺は死ぬ
死んで死にきってみせる
ボーンと一発食らわして
間違いなく死んでみせる

死ねば子が戻るという

拳の崖から
発ったものは

指の岬に戻ってはこない
頑な膝に突っ伏して
身を震わせたのは
咄嗟の芝居だったが

　俺何か悪いことしたか
　謝ればいいのか
武骨な手で
おろおろ女の髪を撫で繰る男

寄せる波は
返す波
やがて凪ぎる海

嵐の夜は
指を乗せた小船は
近寄ることができないものを

爪を切りながら

丸まりかけた爪の先
爪は研ぐものですが
もう研がなくてもいいのです
足裏のささくれをひっぱる
血が滲む
血は何んで赤いんだろう
あなたは目を閉じたまま
まるで自分を知らないような
膝に委ねた足が
こんなに重いなんて
こんなに爪が硬いなんて
親指の付け根の
魚の目はいつからあるの
昼下がりの陽がぼんやりして

遠い日の理科室の西陽のよう
分厚いガラス瓶の
ホルマリン漬けの
どろーんとした白眼のような臓器
こんな日は
ぶよぶよ広がり
近付いてくるような
いないのにいるなんて
怖いね
親指の爪が弧をかいて弾けた
この爪棄てていいのかしら
あなたは目を開き
何か言いかけて目を閉じる
秘密を知っているような
知らないふりをしているような
爪にしっかり鑢をかける
カーブがかすんで見えない

朝の使者

　起きると死んでまう
布団をかぶって固まっている
めくられて
　堪忍してくれや
　連れていかんでくれ
枕にしがみつく

目覚めると
一日は終わっていた
夢のなかでの行程会議
トイレもすまし
湿りのある暖かさのなかで
カタツムリになって寝ていたい
永遠に

駄々こねている男を
村中を巡回していた使者が
カーテンに隠れ
一部始終見物していた

　こぼしては駄目よ
女に叱られながら
目玉焼きを食べている
黄身でよごれた口元を
拭いてもらってにやにやしている
天気予報は曇りのち晴れ
電話が鳴って
三軒むこうの老婆の
訃報の知らせ

使者は
急いで去っていった

一日の幅

一人が枕に躓く
もう一人が敷居に躓く

パンに味噌汁
互いが嫌がる
珈琲に異国の香りを嗅ぐ
キリマンジャロの万年雪が
少しだけ溶ける
苺の円錐形に誘われるが
舌にのせて潰してしまう

十二時が
縮れ麺をもってくる
黙って啜る

不機嫌な空から
猫の母子がやってきた
一匹足りない
人造人間が
鬼門に突っ立っている
カチカチの丸干しさげて

十三夜の月が昇り
影が歩く

カーテンを閉める
二十四時間前の
ライスカレーを食べる
スプーンが忠実であればいい

ラッキョウが逃げていくので
皿の際まで追いつめる

あんた

夏帽子を忘れたので
芝居小屋へ探しにいく
戻ってくると
あんたがいない

あんたの手を離してはいけない
帽子は脱いではならない

あんたを見ませんでしたか
アイスキャンデー売りの
おばちゃんは知らんふり
五十年前死んだ兄ちゃんが
焼きリンゴとたこ焼きを売っている
いない人はどうでもいいのよ

金魚すくいのおっちゃんの
ねじり鉢巻が頭をふった

射的場で
お菓子を撃ち落している
あんたを見つけた
と思ったら
隣の小父さんで
つぎつぎに現れる後ろ姿が
ドミノ倒し
あんたの
家までつづいていく

徘徊

密偵のごとく
あとをつけていく
フェンスに足をかけ
あれよという間にのりこえた
ところは池の縁
水際まですべり
踏ん張っている
片足を濡らし
這いあがって放尿した
うまごやしの花首が嫌がっている

がらんとした親水記念公園
記念樹に自転車がもたれている
サドルにひとひらの残花が散った

血走った目で
ハンドルをいたぶる
ペダルを踏む
スポークが唸り
よろけながら走りだした
雄叫びをあげバンザイする
逆光に燻りながら
二度目の途中で横転した
ざわつく草叢から
憤然と仁王立ち

痛いほど手を摑まれ
藪枯らしの群れる煉瓦の焼き場
火焔が滾っていた穴
人の名が彫られた墓石
卒塔婆をよぎり
ハナミズキの咲く
裏戸にたどりつく

靴下のリブあとが残る
足を投げ出し
赤子のように手を丸めて
たわいもなく寝入っている
喉仏を突き出して

冬のソナタ

送迎バスに手を振ると
青空が広がっていた
村の墓場の真上で
下弦の月が
満月になる

今日はゴミの回収日
早くしないと
回収車がいってしまう
捨てられなかったガギグゲゴ
溜まっていたザジズゼゾ
昨日の太陽が焦がしたもの
夕べの月の誘惑を
書き損じた紙屑と一緒に

袋詰めにする
盛りあがってくるので
押さえつけ縛りつけ
他のゴミ袋に寄添わせ
逃げるように置いてくる

うしろめたさを零しながら
戻る路
来るときは出会わなかった
烏瓜の実
琥珀の蔓ごと首にかけ
こころゆくまで眺めていよう
冬のソナタを聴きながら

男が帰ってきたら驚かそう
真っ赤な実を
鼻先にパッと出したら
どんな顔をするだろう

崖

切り立つ崖の
岩肌は赤茶けて
ところどころ
濡れて黒ずんでいる

足下が崩れたので
木の根っこに摑まった
はるか下方で男が
両手をメガホンにして怒鳴っている

這いあがろうと
足をばたつかせ
宙ぶら
おちる　おちるおちる

あの男が墜落したほうが
万事うまくいく

途端に
体が入れ替わった
谷の底に転がり
宙吊りの男を見あげている

おちろ　おちろ　おちろ
両腕を受けとる形に広げながら

男は翼をひろげ
女の腕のなかに
舞い降りてきた

カーテンに曙光がさして
崖の断層の鮮やかな縞模様

潰れていく話

手折られても花は
咲いていました
姿を弄られ
コップの水に吊るされて
　美しい憎悪のはなしです

怨念がやってきて
晴らして去っていった
　台風のあとの無邪気な
　空のはなしです

猿人が石で潰した
胡桃の核は
こうばしい油脂が匂う

むかしむかしの私です

花の蕾は
先端で怯えていた
急かされて失禁
青い種を零してしまった
　カウントされない
少年の自爆のはなしです

夕日の落ちるあたり
火の手があがって
だれも消せません
　異国の放火のはなしです

くちなしの花は狂い咲き
盛んに死臭を吐いています
　潰れていく
小さな庭のはなしです

蔦の館

抱きつく形に曲がる腕から
巻きつく形に指はのびて
　アサカラナニモタベテイマセン
此処は蔦がはびこる館
食膳が運ばれ
病棟のフロアはざわついている
　ハヤククダサイ
さびしいと言えないヒトは
声を新芽のようにのばして
食べるを急くのです
老いた幼児たちの舌は忙しく
唇を舐め丼を舐め指を舐める
四つん這いになって上靴を舐め
「いけませんよ　下痢しますよ」

マスクが顔の介護士さんに
取りあげられてアアーンアアーン
つまらないと言えないヒトは
愛しい産声をあげ床を叩き
慶事のごとく賑わっている
拳から打ちあがる炭坑節の
血管の坑道は透けていたのですが
青い山脈はみえなかった
ワタシは影のように館を抜け
バスに運ばれています
雨の路上を轢かれていくネオン華
深海魚が目を剝いて口をぱくぱく
蝸牛管がビブラート
ヒトの言葉に変換していく
タスケテクダサイ
ドウカオネガイシマス
夜の褥瘡が血をふいて
水溜りが赫々している

バスを降りると
巻きついたものはするする解けて
ワタシはいませんでした

道行

夢の浮き舟で
男が立ちあがる

満ちるものに急かされ
真夜の海をくだる
定めの磯は昼なお遮暗《しゃぐら》く
角を違えれば仏間に至る

敷居に躓きながら
女に曳かれた男の
指に絡む指
ゆきつもどりつ
そこがこんなに遠いのか
裸電球に浮いた男の顔に

朱の斑紋がひろがり
曳かれた手を引き寄せ耳打ちするは
女が赤らむ話

二人連れの湯浴みなら
裸身を寄せあい
体を清めもしよう
洗い髪の滴さえ厭わず
海溝に蠢く春も密漁しよう

ここはゆまりを放つところ
一滴も漏らさぬために
露わな姿で膝を折らねばならぬ
女は半身を晒し
中座の形で男を見あげる

高窓を突く冬の風あり
作法の〆に真水を流す

II

祝福

床柱のねもとに
一抱えの陽が溜まっている
両手で掬って
朝茶のように呑んでみる
東の高窓に届き
掛け軸の風鎮で一服している
これから往かねばならぬ
海を渡り西へ西へ
昼には到着しなければならぬ
国境を燃やし
憎悪の瓦礫を燻し
テントの破れ目から
かなしみの母を襲う
その腕に眠る幼子は

言葉を知らないその顔は
祝福色に染まるだろう
晴れの日は替えのないブルカを
すばやく乾かし
萎えた乳房は
あけぼの色に染められ
夜にはぬり潰される
なにもかも大いなる闇に溶け
はじめてに戻れるなら
たっぷりの時を差し出そう
今　病が棲む家に陽はあって
屎尿《しにょう》の褥に金色の塵を降り注いでいる
そろそろ往かねばならぬ
億年の彼方から
花を咲かせてきた
朝陽が
出立しようとしている

赤いワイン

脚がつって
逃げられない
注射器を持って
マスクの人が立っている
ふたりの看護師が
わたしを拘束している
なにするのよ
胸をはだけられ
横向きにされ
目を剝くと

海老のように
横たわっていたのはあなた
バカだね

白衣に摑まったりなんかして
注射器が抜かれ
血が滲む針穴にテープが貼られ
ごろん半返って

宙に放られた手
拳を握って痙攣している

耳が立ち
恐怖に燃える眼球を
サバンナの生きものがよぎっていった

フラスコから
二つのビーカーに分けられた
赤い胸膜水

　呑んだね

乾杯しながら
こんな色したワインを
葡萄の血はさわやかな味がして

さあ
手と手を
ありったけの力で握りあって
二人
痺れてしまおうよ

林檎

断食の体は
十字架の形をして
蒸タオルで清められ
とめおかれている

陰毛が晒される
正午の沐浴
聖なる其処へ這っていく指は
覆う布にとどかない

枕もとに
禁断の林檎がひとつ

うらはらの皮が

捩りながら剝がれ
かたくなにちぢむ果肉
種子のぐるりが透きとおって
ナイフの刃先が蜜に光った

ひときれの果片についた
永遠の歯形よ

いちにちの匂いを脱いだ
寝巻きを抱え
自動ドアを抜ければ
霙降る街

果汁よ
津津と歩道に降れ
喘ぐひとの喉に
疾く疾く沁みていけ

二人で貪った林檎が
山盛りに盛られ
売られている角の店先

ひと房の葡萄

垂れ下がる脚を
繋いでいる胴体は
肺胞の下がる胸から
振りむくための首へ
歌うための唇へつながっていく

褥で夢む
甘い果実は
空の青に染まり
いつまでも酸っぱい

顔のない乳房から
したたるみるくは
唇に触れもせず

鼻孔へ伝っていく

――ひと房の葡萄をください

まさぐる指に
干からびた臍の緒が
するする降りて
果実を振子にゆれている

白い頭髪がたれる額を
よぎる紫紺の影
虫の道がひとすじ
こめかみに這っていく

目尻に留まって光っている
最期の一滴

眉だけが凛々しい

仰向く体

衣を分けると
水脈が透けている

肩の瘤からさしだされる
手のひらは
水掻きをひろげ泳ぎさった
　ほらほらここが
心音の湧くところ

胸骨のだんだんをくだれば
野蒜の原っぱ
切り株がぽつんと一つ

蚯蚓の這ったあとが

蛇の髭の草地にきえていくね
碧い目玉をふせ
物の怪が姿を暗ます

ときおり
ぬるい水が湧き
太古の虹が立つ

ふたみに裂かれる脚を
流れていく水影
　ほら浮いているよ
　藻の花が

引き攣る体の
ひかがみのびて
行き止まる水脈の
河床から発つ指の形

鳥

鳥よ
其処から
此処が見えるのか

病室の窓を蛇行していく
鳥の群れよ

はぐれて一羽が落ちるのを
ガラスを磨いて
待つ窓

病めるひとの瞼を
ミソハギの実でくすぐると
身をよじり

はげしく咳きあげ
白目をむいた

屈辱のチュウブを揺らし
腕の水脈に
落ちていく鳥の影

今
微熱の磯で
北へ渡る鳥が一羽落命した

義眼の眼から零れるまことの泪
悪寒に引き攣る唇の
とおいとおい山並み

冬の虹

熱の喘ぎからぬけて
雨が匂う窓枠に
たよりなく摑まり
あなたは
虹を従えている

白い鳥が
電線に整列して
真っ白い花となった

その真ん中で
危なげに両手をひろげ
不器用にはばたき
なんどかしくじっては

頭をこつんとたたく仕草
　癖だけはつれていくんだ

すがすがしい大気をまとい
鮮やかな虹の門をくぐって

群れの端っこで振りかえり
　ご無礼します
照れ笑いの顔が
ぐんぐんふくらんで
鉄塔のてっぺんで
ぱちんとはじけた

ありがとう

足もとを街の灯がてらし
歩道の信号は
どこもかしこも青で
駅の階段を
駆けあがると
病院のベッドで
荒い息を吐くひとの
脈拍に重なった

車窓から
家々は足早にしりぞき
夕暮れの空は
ゆっくりずれていく
飛行機が閃きながら

多度の山を越えていった

　日本海を飛んだ日は
そんなに遠い日ではなかったわ
甦ったひとときが
緩慢な丘陵に
曳かれていく

席を譲ってくれた学生
切符を拾ってくれたマスクのひと
ありがとう
シートに座り姿勢を正す

薄紅にふくらむ山々が
身じろぎもせず褪せていく

終に
山なみの下降線が落ち

現れた伊吹山の
真っ白

バスを待つ

モンゴルでは
朝まで啼いていた
羊でもてなすという

牛や豚もペースト状にすると
匙で掬えるのです

食べ残しはバケツに棄て
洗濯物をぶらさげて
バス停に立っています
百円玉を探しながら
来る方角をみています
逢う魔が時はよく遅れるのです
指の臭いを嗅いだり

爪先立ちなどしてみたり

乗り遅れたのではないのです
早く来ることはありますが
約束より
早く出発することはありません

神様がハンドルを握っているのです

見切りの空から
待っていたバスが来ました
ドアが開きました
行儀よく並んで
羊が腰掛けています

もう思慮深く
啼かなくてもいいのです

もう
食べなくともいいのです

泡

アラームを鳴らし
チャートに摑まって
彷徨っているのか

加湿器の泡が譜を奏で
酸素が
原初の振りで踊っている

海藻がはびこる舌の奥から
淡紅色の泡が咳きあがる

泡よ
何ゆえ泡立ち
入り江の止りで渋いているのか

ひとよ
何ゆえ
人になり
屎尿《しにょう》の床で喘いでいるのか

悪寒に震える指の岬
冷たい太陽に遵《したが》い
曳かれていくのか

握り締めているこの手を
何処までも
何処までも遠退いていく

明滅する泡
反響する泡音
しめやかに死が生まれる
出港する５Ｎ５２２号室

不在

空っぽのビニール袋が
ドアの取っ手でふくらんでいる

この閉めきった部屋の
ひさしく
減ったものも
増えたもののもないはずが

鉤につるされ
待ちくたびれたセーター
馴れ合ったズボンの膝の丸み
毛糸の帽子
綻びから垂れている赤いちぢれ毛

セーターのふわふわと
ズボンのふわふわが交わる
帽子で顔を隠し
窓辺の籐椅子にもたれ
いわくありげに脚を組み

サンセベリアに
陽が差して
春の塵が盛んに降って

手編みの膝掛けがずり落ちる
うたた寝から覚め
カーテンの裾につかまり
ふわふわ立ちあがる

壁の罅割れ
甲虫型の斑紋
蜘蛛のいない蜘蛛の巣

黒い鳥が実を食べに来て

目は目として
唇は唇として
それぞれがあり
鼻が顔の尊厳を保っている
こけた頬では
影がじゃれあっていた

あなたの最期のひとつひとつが
わたしの湿潤な胸から
まのあたりに現れるとき

名を呼ぶ
たちまち顔の輪郭が呼ばれ
それぞれの位置に

ひとつひとつの固有名詞が
迷うことなく納まる

足がふんばり
顔を立ちあげる
見覚えのある手が差し出される

窓を塞ぐように
黒い鳥が降りてきて
隠れ蓑の実を啄ばむ
大揺れの枝
葉が擦れあう
木の根もとで頓挫した光

青黒い翌檜のてっぺんで
鳥は翼をたたみ硬直している

葉群れは鎮まり

無音を奏でる初冬の午前
玲瓏の空に鳥が発つ

時が刻を思いだし
鳩時計がさえずる
光が色を思いだし
風景を染めはじめる

祝福から解かれたわたし

抱きしめていたはずのあなたは
光に囲まれ
まぶしすぎてわたしに見えない

桃の核

皮は剝がれ
果肉は無残に垂れ
手の平に残された核

生まれる前のわたしがいる
性のみ印され
なれるわたしと
なれないわたしが
光を待っている
言葉を待っている
誰も割ってはならぬ

紡錘形の必然
凹凸に絡んだ偶然の甘さを

まんべんなく味わうには
舌で嘗めねばならぬ

陰干しにして
この世の大気を記憶させよう
ひと夜枕をともにしさめざめ泣こう

吊るされる経緯と
落下する事由を
球形の意味を
熟していく喜びを疑ってはならぬ

夕映えの床に
未生のわたしを横たえる
土をかける
空がゆっくり閉じられていく

核を割って私が生まれる

あとがき

続「黎明のバケツ」となったこの詩集は、夫との日々を最も深く共有した時間でした。今となっては、魂の健やかならむことを祈るのみです。

村野保男氏には、多くのことを学ばせて頂きました。深く感謝申し上げます。

製作の労を頂きました洪水企画の池田康様、装丁を受けて下さいました巖谷純介様、有難うございました。

二〇一九年　春

平野晴子（ひらの・はるこ）
1942年生まれ　山形県出身
方言詩集『雪の地図』、詩集『質問』
詩集『黎明のバケツ』（第56回中日詩賞、
第18回小野十三郎賞特別賞）
中日詩人会　詩誌「蕊」「詩素」所属
現住所：
〒490-1225
愛知県あま市蜂須賀山ノ腰1258-1
メール　hiranopako@yahoo.co.jp

詩集

花の散る里

著　者　平野晴子

発行日　2019年3月25日
発行者　池田　康
発　行　洪水企画
〒254-0914 神奈川県平塚市高村 203-12-402
TEL&FAX 0463-79-8158
http://www.kozui.net/
装　幀　巖谷純介
印　刷　モリモト印刷株式会社

ISBN978-4-909385-12-3